# ABRÉGÉ

## DE

# MYTHOLOGIE

### EN VERS FRANÇAIS,

#### A L'USAGE

## DE LA JEUNESSE

### DES DEUX SEXES.

## A SAINT-BRIEUC,

### CHEZ PRUD'HOMME, IMPRIMEUR-LIBRAIRE.

### MDCCCXXXII.

# PRÉFACE DE L'AUTEUR

SUR CETTE SECONDE ÉDITION.

Tout le monde convient que la connaissance de la Mythologie est une partie essentielle de l'éducation. Nous avons sans doute sur cet objet plusieurs bons traités français ; mais ils sont nécessairement étendus. Cependant les enfans ne sont pas encore accoutumés à analyser un long ouvrage, c'est-à-dire, à retenir dans leur esprit la substance ou le précis, sans l'apprendre par cœur textuellement. C'est pour suppléer à cet inconvénient, et en même temps pour donner aux commençans un exemple de cette analyse, que ces vers techniques ont été composés. Une expérience de vingt ans m'a convaincu que cet opuscule était utile en effet ; et c'est dans cette persuasion que j'en autorise aujourd'hui la réimpression. Je vois aussi avec plaisir les établissements voisins faire usage d'un abrégé qui n'était destiné d'abord qu'au Collége dont la direction m'est confiée. Plus cet abrégé sera répandu, plus je me féliciterai d'un travail dont l'unique but a été l'intérêt de la jeunesse et le bien de l'instruction.

# ABRÉGÉ

## DE

# MYTHOLOGIE

## EN VERS FRANÇAIS.

## INTRODUCTION.

Enfants, vous allez voir la faiblesse de l'homme ;
Connaissez les faux dieux d'Athènes et de Rome,
Et plaignant le malheur de tant de beaux esprits,
De la foi des chrétiens vous sentirez le prix.
Mais comment, outrageant l'Auteur de la nature,
Put-on d'un tel système admettre l'imposture ?
Quel funeste prestige, abusant nos aïeux,
Egara leur raison et fascina leurs yeux ?
Des folles passions tel fut l'affreux ravage ;
L'homme du Créateur défigura l'image.
Esclave des faux biens, égaré par son cœur,
Jouet infortuné du vice et de l'erreur,

Il méconnut enfin la majesté suprême ;
Tout devint dieu pour lui, si ce n'est Dieu lui-même,
Et ne consultant plus de règle que ses sens,
Même aux vils animaux il offrit son encens ;
Cependant l'Eternel, de la voûte céleste,
Voit des enfans d'Adam l'aveuglement funeste ;
Il consent que son Fils, pour nous quittant les cieux,
Vienne rompre le charme et dessiller nos yeux.
Il est venu, ce Fils ; c'est lui qui nous éclaire,
Suivons de son flambeau la clarté salutaire :
Par son sang rachetés, comblés de ses bienfaits,
Nous lui devons nos cœurs ; qu'il y règne à jamais !

# PREMIÈRE PARTIE.

## DES DIEUX

Du premier et du deuxième ordre.

### SATURNE.

Saturne, détrôné par un fils indocile,
Chez le prudent Janus vint chercher un asile :
Epoque heureuse ! hélas ! puissions-nous voir encor
Régner dans nos climats les mœurs de l'âge d'or !

### JUPITER.

Jupiter, puissant dieu du ciel et de la terre,
Tenait en main la foudre et lançait le tonnerre.
Il suivait du destin les décrets éternels,
Et visitait souvent le séjour des mortels ;
Pour maintenir ses droits, sa justice irritée
Au sommet du Caucase enchaîna Prométhée.
Autrefois les Titans, géants séditieux,
Formèrent le complot d'escalader les cieux.
Jupiter sut punir leur insolente audace,
Et de ses ennemis extermina la race.

4

## NEPTUNE.

Neptune, souverain de l'empire des eaux,
Aux horreurs du naufrage arrachait les vaisseaux;
Son fils fut l'Océan père du vieux Nérée,
Son épouse Amphitrite, et pour mère il eut Rhée.
Eole était le roi des vents impétueux,
Charybde avec Scylla deux écueils monstrueux.

## PLUTON.

Pluton, roi des enfers, dieu d'une humeur chagrine,
Ne trouvant nulle épouse, enleva Proserpine.
Le rigide Minos et ses deux assesseurs
Vengeaient par leurs arrêts l'innocence et les mœurs.
Cerbère, chien terrible, en ces demeures sombres,
Par ses longs aboîments épouvantait les ombres.
Dans l'Elysée admis, les bons étaient heureux;
Les méchants torturés souffraient des maux affreux.
Caron, pour une obole, en sa fatale barque
Admettait le berger, ainsi que le monarque.

## MARS.

Le dieu Mars recevait les vœux des combattants,
Et comptait les Romains parmi ses descendants.
Aux fêtes de ce dieu portant les ancilies,
Ses prêtres se livraient à d'étranges folies.
Mars en coq transforma le jeune Alectryon,

Eut Vénus pour amante et pour mère Junon.

## VÉNUS.

Déesse des amours, Vénus était fort chère
Aux peuples de Paphos, de Chypre et de Cythère.
Du chasseur Adonis elle pleura la mort ;
Lorsqu'un destin cruel eut terminé son sort.
On lui donne pour fils le constant Hyménée,
Priape, Cupidon et le pieux Enée.

## VULCAIN.

Dieu difforme et boiteux, armé de lourds marteaux ;
Vulcain forgeait la foudre et domptait les métaux.
Pour exercer son art, ce forgeron habile
Eut Lipare, Lemnos, l'Etna dans la Sicile.
Vulcain devint l'époux de Cypris, qui par fois
Transgressa de l'hymen les rigoureuses lois.

## CUPIDON.

Cupidon, pour flatter l'imprudente jeunesse,
D'un impudique amour autorisait l'ivresse.
Un carquois sur l'épaule, un bandeau sur les yeux,
Il perçait de ses traits les hommes et les dieux.
Antéros partagea les jeux de son enfance,
La nymphe Péristère éprouva sa puissance.

## VESTA.

Les Romains observaient le culte de Vesta,
Que de Cures, dit-on, Numa leur apporta.
Le soin du feu sacré fut commis aux Vestales ;
Elles l'entretenaient de leurs mains virginales.
Si ce feu s'éteignait, la loi fixait leur sort,
Flétrissait leur mémoire et prononçait leur mort.

## JUNON.

Du souverain des dieux et la sœur et l'épouse,
Junon fut constamment tracassière et jalouse.
Par ses ordres, Argus, actif et clairvoyant,
De son volage époux devint le surveillant.
Change-t-elle de nom ? Pronube, alors plus sage,
Sur la terre dictait les lois du mariage.

## CYBÈLE.

Célèbre par sa race et son antiquité,
Cybèle ne le cède à nulle déité.
Elle tenait un disque, et ses fêtes bruyantes
Excitaient tous les ans les cris des Corybantes.

## CÉRÈS ET TRIPTOLÈME.

Cérès apprit à l'homme à renoncer aux glands,
Et de riches moissons le comblait tous les ans.

Instruit par ses leçons dans l'art du labourage,
Triptolême du soc introduisit l'usage,
Et changeant les déserts en fertiles guérets,
Par ses bienfaits conquit d'innombrables sujets.

## IRIS, HÉBÉ.

Iris, des immortels était la messagère.
Hébé versait à boire au maître du tonnerre.
Ayant fait une chute, en présence des dieux,
Elle eut le fils de Tros pour successeur aux cieux.

## MINERVE ou PALLAS.

Minerve présidait aux arts, à la science ;
Sous le nom de Pallas elle était la vaillance.
Un casque ornait sa tête et marquait sa valeur ;
Athènes lui devait son nom et sa splendeur.

## DIANE.

Singulière en ses goûts, Diane aimait la chasse ;
L'imprudent Actéon encourut sa disgrâce.
Hécate chez les morts, au ciel Lune ou Phœbé,
Elle vengea Latone, et punit Niobé.
Quoiqu'elle se piquât d'une pudeur austère,
Le bel Endymion eut le don de lui plaire.

## APOLLON.

Apollon, du Parnasse habitant les hauteurs,
Inspirait les bons vers et jugeait les auteurs.
Les Muses le suivaient, troupe aimable et savante.
Il se nommait Phœbus, quand, d'une main puissante,
Il conduisait, assis sur un char radieux,
Les coursiers du soleil dans les plaines des cieux.
Phaéton fut son fils : ce jeune téméraire
Monta pour son malheur sur le char de son père ;
Bientôt dans l'Éridan il fut précipité ;
Triste, mais digne fruit de sa témérité !

## L'AURORE.

L'Aurore aima Tithon, qui vieux devint cigale ;
A la tendre Procris elle enleva Céphale.
La déesse, habitant un palais de vermeil,
Annonçait aux humains le retour du soleil.

## ESCULAPE.

Puis-je oublier ton nom, puissant dieu d'Épidaure,
Bienfaisant Esculape, élève du Centaure ;
Toi, qui par tes talents, tes soins réparateurs,
Écartais de nos maux les essaims destructeurs ?

## BACCHUS.

Bacchus, dieu des buveurs, plus content que Thésée,
Consola, comme époux, Ariane abusée.
Sur les rives du Gange il parut en vainqueur,
Des enfants de Tellus combattit la fureur,
De violents transports agitait les Bacchantes,
Et se montrait armé de cornes menaçantes.

## MERCURE.

Mercure était le dieu des marchands, des lutteurs,
Et par des chaînes d'or liait ses auditeurs.
La baguette à la main, aux infernales rives
Il conduisait des morts les âmes fugitives.
Méprisant de Thémis les droits les plus certains,
Il aidait des filoux les exploits clandestins.

## LAVERNE, LIBITINE, MORPHÉE.

Laverne protégeait les voleurs téméraires.
Libitine réglait les pompes funéraires.
Le bienfaisant Morphée, agitant ses pavots,
Procurait aux mortels un paisible repos.

## Le dieu THERME, MOMUS, COMUS.

Inspirant le respect pour les bornes prescrites,
Le dieu Terme des champs assurait les limites.

Le ris libre et malin fut commis à Momus,
Les festins et la table échurent à Comus.


## HARPOCRATE, PLUTUS.


Harpocrate du doigt indiquait le silence;
De l'argent et de l'or Plutus eut l'intendance.


## THÉMIS, LA DISCORDE.


L'équitable Thémis, un bandeau sur les yeux,
Discutait des humains les droits litigieux.
Aux nôces de Thétis, la discorde cruelle
Vint présenter sa pomme, et dit : *à la plus belle.*


## PAN.


Pan, le dieu des bergers, au son des chalumeaux,
Jadis dans l'Eurotas abreuvait ses troupeaux ;
Il frappa les Gaulois d'une terreur panique.
Midas lui décerna le prix de la musique,
Et reçut d'Apollon pour ce beau jugement,
D'une âne bien coiffé le grotesque ornement.


## NYMPHES.


Les Nymphes habitaient les forêts, les montagnes,
Les fontaines, les mers, les fleuves, les campagnes.

## PALÈS, LES PARQUES.

Palès était champêtre, ainsi que les Sylvains;
Clothon filait les jours des aveugles humains.

## LES FURIES, LES GRACES.

L'enfer eut Alecton, Tisiphone et Mégère;
Thalie et ses deux sœurs avaient Vénus pour mère.

## FLORE, POMONE, PRIAPE, LES LARES.

Flore avait soin des fleurs, Pomone des vergers,
Priape des jardins, les Lares des foyers.

## LA FORTUNE, NÉMESIS.

L'inconstante fortune, aveugle souveraine,
Dispensait à son gré sa faveur incertaine;
Némésis la suivait, pour punir tout mortel
Qui faisait de ses dons un abus criminel.

## LES PRIÈRES.

Les prières en pleurs, troupe infirme et boiteuse,
Se traînaient sur les pas de l'Injure orgueilleuse.
Jupiter fut leur père; et ces filles du ciel,
Adoucissant les cœurs, en bannissaient le fiel.

# SECONDE PARTIE.

## DES DEMI-DIEUX

ET

## DES HÉROS POÉTIQUES.

### THESÉE.

Ton rapport imposteur, ô marâtre hypocrite,
Egara ce héros et perdit Hippolyte.

### PERSÉE.

Persée, avec Pégase, en cent endroits vainqueur,
D'un rang au zodiaque obtint l'insigne honneur.

### CASTOR et POLLUX.

De ces nobles jumeaux l'amitié fut très-rare ;
Leur mère était Léda, dont l'époux fut Tyndare.

### HERCULE.

Hercule, en tout pays fut le vengeur des lois,
Remplit le monde entier du bruit de ses exploits,

Aux bords du Thermodon vainquit les Amazones,
Aux tyrans arracha leurs sanglantes couronnes,
Et destructeur heureux de cent monstres divers,
Signala sa valeur jusques dans les enfers.
Voyageur, ne crains plus le monstre d'Erymanthe ;
Ni de l'hydre d'Argos la fureur renaissante.
Du lac Stymphale où sont les funestes oiseaux ?
Mais qui pourrait tracer tous ses nobles travaux ?
Finissons : de l'Europe il sépara l'Afrique,
Il fila chez Omphale et sa fin fut tragique.

## BUSIRIS, GÉRION, CACUS.

Busiris, Gérion sont d'insignes tyrans ;
Cacus, fils de Vulcain, le premier des brigands.

## CADMUS.

Cadmus, par Agénor chassé de Phénicie,
Fonda dans son exil Thèbes en Béotie.
* C'est de lui que nous vient cet art ingénieux,
De peindre la parole et de parler aux yeux,
Et par les traits divers de figures tracées,
Donner de la couleur et du corps aux pensées.

## JASON et LES ARGONAUTES.

Jason, qui conduisait l'élite des héros,
Ravit la toison d'or aux rives de Colchos.

* Quatre vers empruntés de Brebeuf.

## ORPHÉE.

Orphée, époux constant, par sa lyre divine
Et ses touchans accords attendrit Proserpine.
Heureux, si d'Eurydice obtenant le retour,
Il eût pu modérer son imprudent amour!
Il se tourne, il regarde..... un moment de faiblesse
Lui ravit pour jamais l'objet de sa tendresse.

## ŒDIPE.

Œdipe fut du Sphinx l'ingénieux vainqueur,
Et d'épouser sa mère éprouva le malheur.

## ÉTÉOCLE et POLYNICE.

Une rage implacable arme leurs mains perfides,
Ils vivent ennemis et meurent fratricides.
Même de leur bûcher (ô surprise, ô terreur!)
La flamme divisée atteste leur fureur.

## TANTALE et autres scélérats.

Tantale, transgresseur des lois de la nature,
De la faim, de la soif éprouvait la torture.
Le barbare à sa table avait reçu les dieux;
Cérès seule goûta de ses mets odieux.
D'autres grands scélérats punis dans le Tartare,
Remplissaient de leurs cris les gouffres du Ténare.

Là souffraient Phlégyas, Salmonée, Ixion,
Tes filles, Danaüs, et Sisyphe, et Typhon.


## ROIS DE TROIE, SIÉGE ET PRISE DE CETTE VILLE.

Dardanus, de Teucer reçut Teucris pour femme,
Et près du Simoïs fonda Troie ou Pergamme.
Ses successeurs sont Tros, Ilus, Laomédon,
Assaracus, Priam, dernier roi d'Ilion.
Pâris, son fils, brûlant d'une flamme adultère,
Sur l'Asie attira le fléau de la guerre.
Après dix ans de siége, un colosse trompeur
Vengea les Grecs d'Hélène et de son ravisseur.


## MORT D'AGAMEMNON VENGÉE.

Oreste, pour venger Agamemnon son père,
Outragea la nature, en immolant sa mère.


## ORESTE ET PYLADE.

D'Oreste et de Pylade on admire en tous lieux
Le généreux débat et les touchants adieux.


## ULYSSE.

Ulysse creva l'œil du barbare Cyclope,
Erra pendant dix ans et revit Pénélope.
Il périt par l'erreur de son fils Télégon ;
Télémaque est chanté par le grand Fénélon.

## ENEE.

Enée à ses Troyens, errante colonie,
Procura des vaisseaux et vint en Ausonie.
Il abattit l'orgueil du superbe Turnus
Et devint l'héritier du grand roi Latinus.

## LES HARPIES.

Ocypète et ses sœurs, fatales à Phinée,
Infectèrent les mets des compagnons d'Enée;
Ceux-ci s'arment d'un fer, mais bravant leur fureur,
Céléno leur prédit un terrible malheur.

## POLYPHÉME.

L'énorme Polyphême, habitant la Sicile,
Conçut pour Galatée un amour inutile.

## LES SYRÈNES, CIRCÉ, CALYPSO.

Des Syrènes sur mer on redoutait les chants,
En vils pourceaux Circé transformait ses amants.
Calypso dans son île, après le roi d'Ithaque,
Reçut avec Mentor le sage Thélémaque.

## MEDUSE ET AUTRES PERSONNAGES MYTHOLOGIQUES.

La fable cite encor Méduse, Alcinoüs,
Philoctète, Atalante, Atlas, Pirithoüs,

Hésione, Calchas, Clytemnestre, Protée,
Le fleuve Achéloüs et la chèvre Amalthée,
Memnon, Tirésias, Narcisse et Palémon,
Médée et la Chimère, Icare et Philémon.

## SIBYLLE DE CUMES, ORACLES.

La fille de Glaucus, en sa grotte profonde,
Prédisait l'avenir et les destins du monde.
Ammon, Delphes, Dodone, en vers mystérieux,
A l'homme impatient dictaient l'ordre des cieux.

## L'IDOLATRIE

### RÉPANDUE DANS LA GERMANIE ET DANS LA GAULE.

L'antique idolâtrie, étendant son domaine,
Vit couler sous ses lois le Danube et la Seine.
A son joug asservis, les Gaulois, nos aïeux,
Firent de leurs forêts l'Olympe de leurs dieux.

## LES SEPT MERVEILLES DU MONDE.

1.° Du vainqueur de Python l'étonnante statue
  Chez le fier Rhodien se perdait dans la nue.
2.° Le Jupiter d'Olympe, au pâle adorateur,
  Plutôt que le respect inspirait la terreur.
3.° Quiconque parcourait le fameux Labyrinthe,
  S'égarait sans retour dans sa trompeuse enceinte.
4.° Mausole eut en Carie un tombeau précieux,
  De l'amour conjugal monument glorieux.

5.º Chez les Ephésiens l'antiquité profane
    Se plaisait à montrer le temple de Diane.
6.º Autour de Babylone, affrontant les hivers,
    Des jardins suspendus s'élevaient dans les airs.
7.º Et vous, superbes tours, Pyramides royales,
    Vous offrez près du Nil vos masses colossales;
    Naguère sous vos murs, nos illustres guerriers,
    Conduits par un héros, ont cueilli des lauriers.

## LES SEPT SAGES DE LA GRECE.

Je dois aussi pour vous, studieuse jeunesse,
Crayonner en ces vers les sages de la Grèce.
Leur liste offre Thalès, Périandre, Chilon,
Cléobule, Bias, Pittacus et Solon.

## CONCLUSION.

D'autres détails ici ne sauraient trouver place;
Nuit et jour feuilletez Virgile, Ovide, Horace.

---

*Nota.* Nous croyons utile d'insérer ici les attributs des Muses par
PERRAULT.

# ATTRIBUTS DES NEUF MUSES.

La noble Calliope, en ses vers sérieux,
Célèbre les hauts faits des vaillants demi-dieux.
L'équitable Clio, qui prend soin de l'histoire,
Des illustres mortels éternise la gloire.
L'amoureuse Erato, d'un plus simple discours,
Conte des jeunes gens les diverses amours.
La gaillarde Thalie, incessamment folâtre,
Et de propos bouffons réjouit le théâtre.
La grave Melpomène en la scène fait voir
Des rois qui de la mort éprouvent le pouvoir.
L'agile Therpsicore aime surtout la danse,
Et se plaît d'en régler les pas et la cadence.
Euterpe la rustique, à l'ombre des ormeaux,
Fait retentir les bois de ses doux chalumeaux.
La docte Polymnie, en l'ardeur qui l'inspire,
De cent sujets divers fait raisonnner sa lyre;
Et la sage Uranie élève dans les cieux
De ses pensers hardis le vol audacieux.

Nous ne surchargerons point ce Traité de notes, vu que nous renvoyons les jeunes gens au dictionnaire de la fable par M. Noël, ou à celui de M. Chompré.

9 782329 061443